Hecho en Mexico

Hecho en Mexico

Cuentos Cortos

Gregg Albert Herman

Número de Control de la Biblioteca del Congreso de EE. UU.:   2024924718
ISBN: Tapa Dura   979-8-3694-3457-4
                Tapa Blanda   979-8-3694-3455-0
                Libro Electrónico   979-8-3694-3456-7

Información de la imprenta disponible en la última página.

Fecha de revisión: 11/20/2024

Para realizar pedidos de este libro, contacte con:
Xlibris
844-714-8691
www.Xlibris.com
Orders@Xlibris.com
864265

Estos cuentos forman parte de la obra,
"The Lucky Kangaroo"
Por Gregg Albert Herman
Publicado por XLibris 2022.

Índice

Índice de Fotos

Página

Las Fotós fueron tomadas por el autor

Un Escritor En Ciudad De Mexico

Gringo Canadiense en Libertad:

Estoy confortablemente alojado en un hotel barato, semi limpio, para una estadia sin fecha de termino aun. Mi idea es suprimir algo del ruido estatico de mi cerebro a traves del papel. Luego, me sentire tranquilo. Redistribui los muebles de mi pieza colocando la mesa frente a la ventana. Espero que las cucarachas no tomen represalias.

De todos modos, mientras jugaba con mi boligrafo, podia mirar mas alla de los arboles atrofiados por la polucion y reflexionar sobre la gran variedad de personas que pasaban. Tenia una vista sin obstaculos desde mi puesto de observacion en el segundo piso del viejo hotel. Sin embargo, la mayoria de las veces abandonaba ese lugar.

Lo primero en la mañana. Me gusta salir al frio y sumergirme en el fresco smog. Al salir paso la llave de la habitacion por la diminuta ranura situada en la parte inferior del cristal blindado de cinco centimetros de grosor. El recepcionista atrincherado no puede oir muy bien desde su cubiculo protector, asi que coge la llave e intercambiamos un hola/adiós. Mas tarde volveremos a hacerlo, pero al reves.

Mi primera parada es para comprar un periódico. El anciano vendedor se sienta en la esquina de la calle sobre una pequeña caja. Esta metido entre cuatro pequeños montones de periódicos diferentes. En la acera, frente a el, hay numerosas monedas sobre un trapo sucio; siguen revistas y comics que se extienden tentadoramente en ambas direcciones. Este caballero gobierna un apacible dominio de metros cuadrados de papel impreso.

Salgo y me dirijo a la cafeteria "24 horas" que hay a dos cuadras de mi hotel. En el sótano, la luz fluorescente hace que todos parezcan palidos.

La insignificante cafeteria tiene mesas y asientos empotrados con pequeñas divisiones en dos de sus paredes, y mesas en el centro. Si se consigue uno de esos reservados, es el mejor sitio para sentarse a las tres de la madrugada y contemplar el flujo y reflujo de la Humanidad. Aunque no lo recomiendo en este barrio sin un guardaespaldas personal.

Esta manaña, la camarera apresurada se acercó y dejó la cesta con varios panecillos dulces. Luego, con destreza, vertió el cafe y la leche caliente contenidos en dos jarras metalicas separadas, se dio media vuelta y partió.

Tomar el cafe a pequeños sorbos leyendo las noticias, suele ser una agradable manera de empezar el dia. Pero los titulares de hoy cuentan la espeluznante historia de los violentos incendios en Australia. Los osos koala son incapaces de huir y estan ardiendo en sus arboles. Esto es un poco abrumador a primera hora de la manaña.

De todos modos, muchos de mis dias los paso en las calles. Yo elijo mi camino, despacio, con atención. Nunca se sabe con que iglesia colonial o edificio histórico tropezaras o con qué escenas humanas te encontrarás. La Ciudad de Mexico es lo opuesto a una torre de marfil. La realidad tiene bordes mas afilados, el redondeo, el proceso de suavizado hasta ahora no ha sido capaz de planear todo uniformemente hacia abajo.

Los habitantes de esta ciudad son duros como piedras. Tienen que serlo. Es sobrevivir en una población de mas de veinticinco millones de habitantes. Ciudad de México se extiende sobre un altiplano a 2.380 metros de altitud. Su historia contiene invasiones, ocupaciones, revoluciones, guerras civiles, terremotos y erupciones volcanicas.

Ademas, la vida de toda la nación se ha visto afectada por los tratos con el vecino del norte, a veces, intervencionista. En consecuencia, el despreciado gringo yanqui es tambien el muy querido americano. Pero en cualquier caso, es considerado un objetivo legitimo por tipos desagradables.

Los canadienses son gringos secundarios, no el verdadero McCoy, no obstante se les considera como fuentes de ingresos molestosamente vitales.

Pocos mexicanos se incomodan en diferenciar entre turistas igualmente adinerados. En consecuencia, vigilo mi espalda y, despues de un tiempo, eso no es tan estimulante como podria pensarse.

Sigo el ejemplo de los habitantes conocedores y llevo una cantidad respetable de pesos en efectivo, lo que, con suerte, apaciguaria a cualquier ladrón con un cuchillo. Como soy gringo, tambien llevo conmigo un billete de veinte dólares, por si acaso el ladrón se empeñara en algo de dinero americano. Es de sabios no decepcionar a un asaltante armado. Mi pasaporte y el visado estan fotocopiados y, aparte de algunas monedas para quien me las pida, mis bolsillos estan vacios. Rutinariamente, me mantengo en las calles donde hay muchos peatones. Para mi, la autocomplacencia murió en 1970.

Aunque, la peor violencia en esta ciudad ocurrió hace siglos. Cuando el fanitico religioso, el deshonesto Cortes el Conquistador y sus jinetes avidos de oro, llegaron. Ellos destruyeron un área muy amplia, colocando de cabeza a los nativos. Fue el vanaglorioso saqueo de todo un mundo.

¿Cuantos murieron? Basta decir que en los engranajes de la Historia, es prudente no estar demasiado cerca de la acción. El peor de los casos es morir quemado en la hoguera. Y el mejor, trabajar hasta la muerte como mano de obra esclava.

¿Que se puede decir de los humanos no domesticados? La Historia lo cuenta. La caja de herramientas del conquistador esta llena de instrumentos dolorosos, y esta claro que siempre hay otro subyugador dispuesto a usarlos. El esta ahi fuera. Ahora, esperando entre bastidores, inventando algun pretexto, para que su ego pueda continuar un alboroto. Nunca termina.

Voy a Rosita's a comer huevos revueltos. Es uno de los pocos restaurantes baratos de la ciudad que todavía sirve tortillas de maiz prensadas a mano. La pesada prensa está colocada con orgullo en la puerta del restaurante. La camarera más joven y corpulenta se esfuerza mucho por exprimir las gruesas y nutritivas rondas de la historia dietetica mexicana. Hoy en dia, muchos consumidores se han cambiado a las tortillas de trigo procesadas que se entregan en bolsas de plastico desde la panaderia/fabrica.

Despues de desayunar, paseo por el centro y me encuentro con una lluvia improbable que se convierte en un granizo áun más improbable. Las bolas duras, blancas y brillantes caen con furia durante quince minutos.

Aprovecho la oportunidad y me meto en el Ministerio de Educación para volver a ver los murales de Diego de Rivera. Siento la habitual sensación de felicidad ante su creatividad, tan bien expuesta en muros coloniales construidos por mano de obra azteca. Es un cambio refrescante que en este capitulo de la Historia del mundo, el pueblo tenga la ultima palabra.

Con el sol luchando por abrirse paso entre las nubes, paso por un pequeño parque encajonado entre dos edificios. Cinco o seis escuálidos perros callejeros se esconden en los arbustos. La manada, de aspecto apesadumbrado, pasa hambre lentamente y se escabulle ante nuestra negligencia. Regreso al hotel con esa triste imagen. Es mejor no tomar una dosis demasiado grande de Distrito Federal en un momento dado.

Los domingos, que es el dia mas seguro de la semana porque hay gente por todas partes, suelo unirme a la multitud en el Parque de Chapultepec para ver al mimo de cara blanca divertir a los niños. A continuación, subo la colina hasta el Castillo de Chapultepec para ver algunos murales históricos más interesantes.

Por la noche, pasear por la Plaza Garibaldi es como entrar en un mundo arenoso pero magico. La plaza se anima con el sonido de trompetas, guitarras y violines. La singular musica de los mariachis es una celebración de la vida y un lamento al mismo tiempo. En cualquier situación, ver y oir a los musicos es maravilloso. Familias mexicanas enteras deambulan entre los numerosos pequeños grupos de mariachis, vestidos con trajes tradicionales. Los oyentes que se ven muy felices piensan que músicos prefieren para la próxima celebración de cumpleaños. Los mariachis son una de las muchas esencias de Mexico. El tradicional mercado callejero de los miercoles, es otra. Se instala en calles seleccionadas de barrios de toda la ciudad. El tianguis indígena es un tenue vinculo con el pasado y sigue dando a los lugareños una oportunidad de comprar verduras a precios asequibles. Todos los alimentos vienen envueltos en papel periódico. Trae tu propia bolsa, esto no es los Estados Unidos de Norteamerica.

En las esquinas de las calles cercanas al Metro Revolución, veo a las muy flacas y cansadas muchachas de alquiler caminando por los bordes de la dura existencia. Paso junto a un trío de músicos quejumbrosos, con estómagos hambrientos, mientras caminan de restaurante en restaurante tocando instrumentos viejos y destartalados. Cuando terminan su repertorio ellos se quedan oliendo la comida mientras un joven, probablemente uno de sus hijos, recorre el restaurante recogiendo monedas.

Algunas mañanas, camino hasta el notable edificio de Correos y luego hacia el Zócalo, junto con la multitud de gente que sube por la calle Madero. Mis ojos siempre atentos a los guardabarros de los veloces y zigzagueantes taxis Volkswagen Escarabajo. Entro en el gran espacio abierto de la Plaza de la Constitución. Es un lago de hormigón rebosante de las lágrimas de la historia mexicana. La gigantesca bandera mexicana es el centro de la escena. El Zócalo es donde Mexico celebra la muerte y obtiene su orientación para la vida.

En una esquina de la plaza histórica, sigo detras de algunos escolares a ver las momias en sus cajas de nogal y vidrio forradas con terciopelo rojo. Estos ciudadanos marchitos, duermen placidamente en las catacumbas bajo la catedral que se hunde.

Desde la Catedral Metropolitana, camino hacia la estación del Metro Pino Suarez pasando por la pequefia iglesia donde estan enterrados los huesos de Cortes. Me dirijo al barrio de Coyoacan para visitar la casa donde Leon Trotsky vivió en el exilio.

Dentro de la casa residencial observo los agujeros de bala en la pared de un intento de asesinato previo. En el siguiente atentado en 1940, el agente de Stalin no cometió ningun error. Le enterró a Trotsky un punzón para hielo en la parte posterior de la cabeza. Las gafas rotas del revolucionario yacen sobre su escritorio donde cayeron. Ahora, es un pequeño museo que contiene recuerdos de la historia, recordatorios de nuestra violencia, recordatorios de que la desunión y la agitación continuan. "Dos bandos apretando al medio" siempre, es la impronta de la 'Historia del Mundo'.

Ya que estoy en el barrio, me dirijo a la "Casa Azul", el hogar de Frida Kahlo. Aqui terminó el casi medio siglo de su dolorosa vida. Se exponen algunos de sus cuadros mezclados con piezas de la colección de arte precolombino de Diego. Su silla de ruedas ocupa un lugar preeminente, y el pequeño museo es un lugar donde la miseria se consagra junto con el genio. A traves de su vida de inmenso sufrimiento y su expresión artistica, Frida Kahlo se ha convertido en la personificación de Mexico.

El sabado decido salir de la ciudad. Me subo a una reliquia temprana de autobus lento y me paso dos horas yendo a Teotihuacan. Visito la

Piramide del Sol y de la Luna. En los vastos terrenos tambien hay un museo de cactus. Si tiene suerte, una delicada brisa le dara la bienvenida en la cima de la Piramide del Sol. Desde alli, se puede contemplar toda la ciudad/centro ceremonial que tambien alberga un campo de pelota sagrado.

La impresionante arquitectura de las piramides quiza se vea empañada por el estigma de que los vencedores sacaban los corazones latiendo del pecho de los cautivos. Los rituales sanguinarios de hoy en dia pueden ser menos dramaticos, pero en nuestro mundo de alta tecnologia, la expresión "baño de sangre" adquiere un nuevo significado.

En todo caso, tal vez fue la civilización Olmeca la que entregó la antorcha a la gente que construyó Teotihuacan. Mucho mas tarde, los belicosos aztecas confiscaron la propiedad. Ellos fueron los ocupantes, no los constructores. Hay muchos eslabones distintivos en la cadena, esta es la verdadera conclusion.

Resulta ser un dia agotador de caminata y subidas y bajadas, pero tengo suerte. Sin aliento de tanto correr, cojo el ultimo autobus que sale del lugar y obtengo el ultimo asiento en la parte trasera. De vuelta a la ciudad, tomo el metro y me dirijo a la cantina Flor de Asturias, en la avenida Puente de Alvarado. Paso por las puertas batientes hambriento y listo para las botanas.

Las reglas de las botanas son sencillas: primero hay que pedir tres tragos a precio normal. A partir del cuarto tienes derecho a un sabroso pequeño plato de comida. Y, ahora, con cada siguiente trago viene otro plato. Los jueves, el especial es paella. De todos modos, para un tipo hambriento de mi tamaño, un minimo se necesitan cinco o seis platos de comida. Si añadimos los tres primeros tragos y eso hace ocho o nueve bebidas, y bueno, te haces una idea. Debo mencionar que una resaca adquirida a gran altitud hace que el dfa siguiente sea muy duro.

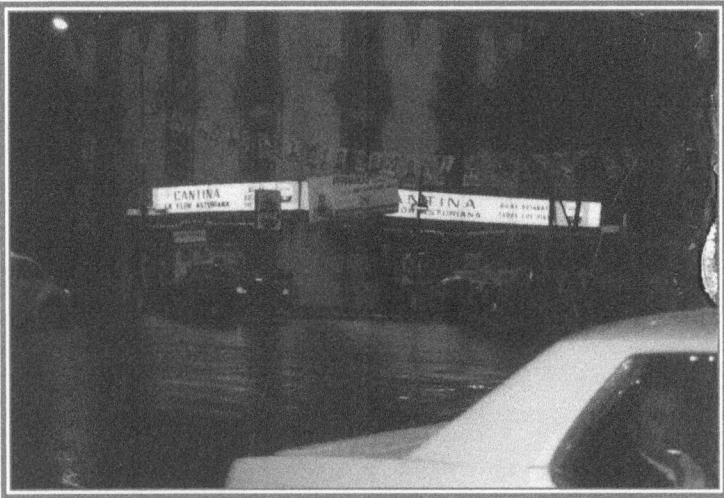

Los Secretos de Juanito

Mi nombre es Juanito y vivo en la Capital de México, todos la llaman 'La Ciudad' o 'D.F.' Las iniciales D.F. significan Distrito Federal.

Mi padre es originario de Nicaragua, ciudad de Córdoba, y tiene otros nombres más imaginativos y menos halagadores para la Ciudad de México. Él, que también se llama Juan, promete que algún día nos llevará a Córdoba y nos mostrará una ciudad realmente hermosa.

Mi madre, cuyo nombre es Marie deletreado en francés, nació en el D.F. Ella tiene el cerebro en nuestra familia. Un día oí a mi tío, que tiene cincuenta y un años, decirle a mi madre "Juanito es igual que tú"; esto me hizo sentir como un millón de pesos y desde ese día he tratado de ganarme ese elogio. Ella es un ejemplo de persona que sabe sobrevivir y al mismo tiempo ayuda a otros a mantenerse a flote. No es una persona que recibe, sino que da.

La historia de Marie es interesante porque su tatarabuela era de Francia. Una gran dama de la corte de Napoleón III que llegó a México como parte del séquito de Maximiliano. Tal vez, mi tátara, tátara abuela era amiga de Carlota, la esposa del Emperador Habsburgo de México. Sea como fuere, la intervención francesa en México terminó abruptamente. El desafortunado Maximiliano fue fusilado en una colina en las afueras de Querétaro en 1867. No sé si mi madre tiene sangre real en sus venas, pero la sangre mexicana es igual de buena. Creo que tal vez mejor, (¡recuerda el Cinco de Mayo!). De todos modos, en mi mente Marie es tan digna como cualquier reina que haya existido. Haría cualquier cosa por su familia. Tal vez más tarde, les hablaré de su tremendo sacrificio.

Nuestra familia se enfrenta cada día a una prueba de valor y determinación. Pasamos gran parte de nuestro tiempo preocupándonos. En México la lección se aprende pronto, el poder es una cosa horrible en manos de algunas personas. Hay un dicho "roto con poder" que significa que una persona se siente sobrevalorada con el poder que circunstancialmente tiene en la sociedad. Estos humanos disfuncionales parecen disfrutar pisoteando a los impotentes. Marie nos ha ordenado que evitemos a todos los "jefes, políticos y policías". Este sabio consejo lo seguimos todos los días de nuestras vidas.

Cuando se cuentan a todos los ciudadanos de esta gigantesca ciudad, mi papá no está incluido. No tiene estatus. Hay muchas otras personas invisibles viviendo existencias desconocidas en La Ciudad. Muchas familias están aún menos seguras que nosotros. Vivimos en la azotea de un edificio de oficinas. Entramos y salimos por una escalera de servicio trasera, doce pisos arriba y doce abajo en absoluto silencio. No estamos muy contentos de vivir aquí como intrusos y fantasmas. Pero, al fin y al cabo, ¡somos afortunados!

Mi padre encontró nuestro pequeño "penthouse" al que llamamos hogar. El administrador del edificio, también centro americano, tiene un "acuerdo secreto" con él y le paga un alquiler en efectivo cada semana. Papá lo llama "compensación por servicios prestados", pero luego añade en un susurro, "pagado bajo cuerda". Él también dice "debemos cumplir los términos de nuestro contrato". Que consiste, principalmente, en que no debemos ser vistos ni oídos durante el día, de lunes a viernes. Tenemos que escabullirnos como ladrones.

Los días de lluvia vivimos bajo una lona de plástico. En verano, tenemos una brisa agradable, pero en invierno no es nada de placentero. Siguiendo a Marie que dice "siempre hay que buscarle el lado positivo a las cosas", el edificio donde vivimos está a pocas cuadras de la Plaza Garibaldi. Esta es la plaza donde se reúnen las bandas de mariachis. A veces, podemos oír su música flotando en el aire nocturno. Mamá dice que nuestro objetivo en la vida es encontrar un lugar decente para vivir, tal vez incluso en Córdoba, Nicaragua, donde papá prometió llevarnos. Marie sólo me lo dice a mí. Nunca se queja ante otras personas.

Cada día, la familia se levanta a las cinco y media de la mañana. Mamá reparte las tortillas de maíz. También tenemos frijoles refritos y una taza grande de café, para los niños con más leche que café. Debo mencionar que las gruesas tortillas de maíz fueron prensadas durante la noche mientras dormíamos. Marie trabaja a mano la harina de maíz en la oscuridad. La prensa tradicional era de mi abuela y es la única reliquia de nuestra familia. Gracias al cuidado de Marie, nunca comemos las tortillas de trigo que se compran en las tiendas y que ¡saben a cartón!

Soy pequeño para mi edad pero tengo trece años a mis espaldas. Mis dos hermanas tienen once. Son gemelas, pero no idénticas, nacieron al mismo tiempo, proceden de óvulos distintos. Mi mamá me explicó todo esto. Una tiene el pelo largo y negro y la cara ovalada, se llama Marisol. Teresa, que es treinta y nueve segundos mayor, tiene el pelo corto y negro y una larga cara bonita. Son buenas chicas lo que significa que no han "estado" con un hombre todavía. Mamá las vigila como un águila feroz. Ella es la verdadera águila de México y podría atrapar fácilmente cualquier serpiente en su boca (ver bandera Nacional de México).

Cuando terminamos de desayunar, empieza nuestra jornada laboral. Papá limpia la larga mesa de madera, en realidad cuatro pequeñas mesas juntas. Se sienta en el lugar de honor y empieza a pasarme pequeñas bolsas de plástico. Lleno las bolsas con pequeños caramelos de una caja de cartón que tengo delante. Debo informarle que mi padre siempre comprueba que me he lavado las manos a fondo. Papá dice: "Las bolsas de caramelos no deben estar sucias o manchadas de ninguna manera". Le dice a cada miembro de su equipo de ventas que el "control de calidad" es muy importante.

Estos caramelos son de los que se disuelven en la boca a menos que seas impaciente y los abras con los dientes. Papá me ha enseñado a poner exactamente seis caramelos en cada bolsa y luego doble envoltura de los caramelos en una segunda bolsa. Así, las bolsas de caramelos parecen más grandes de lo que son en realidad. No se trata de engañar a la gente, sino de "aumentar nuestro margen de beneficios", como le gusta explicar a mi padre. Papá dice; somos minoristas en el negocio de los caramelos, y debemos cumplir nuestras obligaciones, tanto con los clientes como con nosotros mismos.

Rara vez probamos nuestro "producto", que es como mi padre llama a los caramelos. Nuestro producto se vende a los que apetecen esa clase de dulces. Como te habrás dado cuenta, a mi papá le encanta usar el lenguaje de los negocios. Mi papá suele decir que es un hombre de negocios de Centroamérica. Siempre que lo hace, enseguida mamá empieza a burlarse de él, llamándole el "Candy Man". Luego, papá llama a Marie "Frenchie" y toda la familia termina riendo y bromeando hasta que nos entra el hambre.

Para continuar, a mi lado se sientan las gemelas y ordenan y grapan cada bolsa. Luego, nuestra decidida familia de supervivientes se reparte los cientos de bolsas de caramelos. Estamos listos a pedir, suplicar, rogar, llorar, lo que sea para deshacernos de esas estúpidas bolsitas de caramelos (que incluso vendo en mis sueños por la noche). Supongo que mi padre también tiene estos sueños de dulces, pero creo que en los suyos deben ser transacciones de productos al por menor.

De mi padre he aprendido a afrontar cada día con una sonrisa en la cara. Todos compartimos su actitud de "me alegro de estar vivo". Nos ayuda a perseverar. Y, siguiendo el ejemplo de nuestro padre, nunca faltamos al trabajo. Nuestro negocio de venta de caramelos es, como dice él "nuestra principal fuente de ingresos".

Por la mañana, todos estamos ansiosos por vender nuestra parte de las bolsas de caramelos. Después de desayunar, nos deseamos *buena suerte* (good luck) y nos vamos. Las gemelas se quedan en nuestro barrio y las instrucciones de mamá son: número 1, ten mucho cuidado con el tráfico; número 2, no te fíes de los extraños; número 3, permanezcan siempre juntas; número 4, quédate donde haya mucha gente; número 5, no vuelvas a casa hasta que hayas vendido todos tus caramelos.

Mi padre trabaja en una concurrida zona alrededor del Zócalo (plaza principal). Ese barrio se llama Colonia Centro Histórico. Marie le da un fuerte abrazo y le recuerda que se mantenga alerta porque mamá no quiere que lo atropelle un vehículo. El tráfico en D.F. nunca se detiene. Es una locura y definitivamente peligroso. He estado a punto de ser atropellado en tres diferentes ocasiones. La contaminación es asfixiante, tampoco desaparece nunca. Al final del día, mi piel está cubierta de miles de manchas negras de suciedad.

Justo antes de salir por la puerta, Marie siempre se vuelve hacia mí, me hace un gesto de advertencia con el dedo y me dice: ¡Juanito, no te pases de listo! Entonces, los dos sonreímos y reímos juntos durante unos segundos. Vendo más bolsas de caramelos que incluso mi papá, y mamá a veces se preocupa por mí. Ella no sabe qué me traigo entre manos, pero tiene sus sospechas.

Yo solía trabajar en las líneas de metro, pero desde la ofensiva del Gobierno los vendedores están estrictamente prohibidos. Hoy en día, sólo los ladrones eficientes frecuentan el sistema de metro. La venta de cualquier cosa sin permiso o soborno; permiso o un soborno (creo que son lo mismo). ¿No has oído hablar de "la mordida"? Rezo para que mi buena suerte continúe, porque hasta ahora no me han hecho objeto de la "mordida", ni me han robado, ni me ha parado la policía.

Trabajo en los autobuses. Viajo hacia el norte por Insurgentes Norte, una de las vías más importantes de la ciudad de México y luego voy hacia el sur por Insurgentes Sur. A lo largo de este gran bulevar subo y bajo al menos cien autobuses al día. La mayoría de los conductores son amigables con los miles de vendedores que viajan en los autobuses.

A menudo, tengo que retrasarme unos instantes en la parte delantera de un autobús porque ya hay un vendedor delante de mí. Puede tratarse de tiritas, bocadillos, blocs de agujas de coser. En un autobús de Ciudad de México se puede comprar de todo.

Entonces me toca a mí. Me adelanto gritando "Dulces, dulces", dulces". Tengo una voz fuerte y puedo detectar fácilmente a un comprador potencial. Miro a cada pasajero a los ojos. Recorro todo el autobús rápidamente, pero no demasiado rápido, porque algunas personas cambian de opinión y necesitan un segundo o dos para decidirse. Nunca engaño a los clientes. Cuento el cambio con exactitud y rapidez. Luego, como un conejo saltarín y perseguidor de lechugas tomo el siguiente autobús.

Mi madre no vende caramelos, pero vuelve a casa con más dinero que todos nosotros. Es un misterio cómo lo hace. Ya te hablé de su gran sacrificio. Ella no lo sabe, pero yo conozco el secreto de Marie. Fue un día triste cuando vi a mi madre cerca de la estación del metro Revolución, porque tenía la cara muy maquillada y se había cambiado de ropa. Estaba en una esquina haciendo lo que lo que muchas mujeres tienen que hacer para sobrevivir. Yo nunca olvidaré ese día. Sentí como si alguien me hubiera clavado un cuchillo en el corazón. Debo admitir que primero lloré por mí. Luego lloré por mi ella. Estaba tan lleno de frustración que golpeé mi puño contra una pared de ladrillos. Me dolió mucho. Pero, después de pensarlo sentí una gran oleada de amor por mi pobre mamá.

Ahora entiendo por qué mamá está tan preocupada por las gemelas. Crecí mucho en mi mente ese día. Mi madre literalmente alquilaba su cuerpo para su familia. Eso la convierte en una santa en mi libro. Lo más difícil es no revelar su secreto. Eso significa que no puedo hablar con nadie sobre esto. Sólo quiero dos cosas en esta vida. Primero, rescatar a mi mamá de su vida dura y mezquina. Segundo, que el hueso que me rompí en el nudillo sane pronto.

Al final del día nos reunimos en la azotea. Marie cuenta todo el dinero ganado. Papá ya nos ha explicado que el dinero es nuestro "capital". Marie le da a papá la cantidad necesaria para el producto del día siguiente y las bolsas de plástico. Siempre añade un poco más para que él pueda ir a tomar una cerveza con sus amigos. Gobierna nuestra pequeña familia como una reina amorosa.

Marie había querido ser enfermera antes de casarse con mi padre, pero es una mujer que mira hacia adelante y no tiene tiempo para arrepentirse. Cuando nos aprieta a mí y a las gemelas cerca de ella, dice: "Me han hecho la mujer más feliz de México". Quiero seguir ganándome este amor de mi mamá, porque dice que es mucho más valioso que los pesos. Entonces, sonríe y dice que los pesos también son importantes. Es entonces cuando mamá extiende las manos como una balanza y las mueve arriba y abajo como si pesara las dos cosas, el amor y el dinero.

Una o dos veces al mes vamos a Grasshopper Hill (Chapultepec) a pasar el día. Caminamos, bromeamos, jugamos a la pelota, nos tumbamos en el césped. Una vez, papá encontró un frisbee. No sabíamos tirarlo pero nos reímos mucho intentándolo. Comemos un almuerzo campestre y nunca sabemos qué delicia especial tiene mamá en la canasta. A veces, es pollo para acompañar nuestros frijoles y arroz, a veces, un trozo de pastel de postre. ¡Lo mejor es cuando mamá trae pollo y postre! Mamá dice que somos la familia más importante de México. En ese momento grita "¡Viva México!". Mamá ama a México como un ser humano real, vivo, de carne y hueso. Siempre que un compañero pobre mexicano hace algo malo mamá siempre dice que el hombre tiene demasiada España en la sangre.

Tengo un secreto que ni siquiera mi mamá sabe. Si lo hiciera, se enojaría mucho porque Marie odia a los gringos. Ella dice que los gringos son "rotos con poder" (este "dicho" ya lo he explicado). Papá bromea, el problema de mamá es que tiene demasiada historia mexicana en su sangre.

Cuando mamá escucha esto, golpea a papá y pelean y luchan hasta que papá se da por vencido. Muchas veces por la noche suenan risas felices desde nuestro gallinero de acero y cemento.

Me muero por contarte mi mayor secreto. Sucedió así, un día un turista estadounidense me regaló un billete nuevo de un dólar americano por mi última bolsa de caramelos. Ese billete fresco me dio una idea. Así que ahora que he terminado de perseguir los autobuses y todos mis dulces están vendidos, empiezo mi segundo trabajo. Tomo ese mismo dólar de la suerte y voy a la Zona Rosa, la elegante zona turística de la ciudad. Es muy riesgoso para mí en este barrio. ¡Si me pillan molestando a los turistas! Bueno, ¡digamos que será mejor que no! Miro con miedo a los policías, uniformados o sin uniforme a los que aprendí a reconocer hace tiempo.

Cuando no hay moros en la costa, me acerco a un turista cercano y le muestro mi billete de un dólar. Cortésmente y muy lentamente pregunto "¿tienes cambio por un dólar?". ¡He aprendido perfectamente todas las palabras que necesito para este encuentro! Incluyendo la palabra 'buck', que en jerga significa dólar. Siempre que un turista me pregunta por qué necesito cambio, mi respuesta es tajante: "Tengo que hacer una llamada importante". Esta respuesta suele hacerles sonreír. Siempre me alejo de estas amigables conversaciones en inglés con muchas monedas del fondo de bolsillos y carteras.

Un día, en la Zona Rosa, un amable gringo me dio 75 centavos (3 cuartos) del bolsillo de su chaqueta y me preguntó mi nombre. Luego me dijo Juanito significa Johnny en inglés". Dije las palabras Johnny English y me gustó mucho cómo sonaban. Eso me dio otra idea. Ese día adopté mi nombre gringo. Ahora, cuando los turistas me preguntan cómo me llamo, respondo "Johnny English". Curiosamente, mi nuevo nombre americano ha aumentado mis ganancias (mi papá estaría orgulloso). Y estoy seguro de que hay muchos gringos justos y generosos en el mundo. ¡Porque hasta ahora nadie se ha quedado con mi dólar de la suerte! Solo una vez me he ido con las manos vacías. Aquel día, un hombre de negocios no llevaba dinero, sólo tarjetas de crédito. Me miró a los ojos y me dijo que lo sentía mucho. Me gustan los gringos alegres y cada día aprendo nuevas palabras en inglés.

Ahora te diré lo que hago con todas mis monedas de 5, 10 y 25 céntimos. Las casas de cambio no aceptan monedas. Pero, conozco una donde puedo cambiar cuatro dólares americanos de moneda para la tarifa del peso (19 pesos=1US$) de un dólar. Este estafador me saca una tajada del 75%, pero como a veces exclama mi padre "es el precio de hacer negocios".

Casi ya lo sabes todo. Tengo dos secretos finales: primero, nunca podrás adivinar cuántos pesos he ahorrado, segundo, ¡nunca podrás encontrar dónde los escondí! Sólo les revelaré que hay un paquete doble o triple envuelto cuidadosamente escondido en algún lugar de nuestro edificio. Cuando nos mudamos aquí por primera vez, los domingos, solía explorar cada rincón oscuro del edificio de oficinas. Entonces, estoy absolutamente seguro de que mi paquete está escondido de manera segura. Pero me preocupa que el edificio se incendie o que un terrible terremoto lo demuele. Recuerdo que Marie me dijo "no te preocupes por lo que no puedes controlar". ¡Pero me preocupo mucho! Si sucediera lo peor, no sé qué haría. Estoy seguro de que mi padre lo llamaría "capital perdido", pero para mí sería una esperanza perdida.

Maya de las Montañas

La vida es tan fugaz como el rocío que se evapora en una mañana de verano. Pero nuestra especie colectiva ligada al tiempo perdura en el organismo planetario 'Tierra". El globo azul ha permitido una época humana. ¿Cuánto tiempo va a durar? Sólo podemos confirmar que la trágica y gozosa búsqueda de la vida ha surcado el suelo de la tierra durante miles de años y sigue haciéndolo hasta hoy.

Examinemos una ciudad antigua suavemente enclavada entre dos humeantes volcanes. En este aventajado valle llamado Anáhuac, se habían construido sucesivos asentamientos por el fluir de generaciones humanas. La pequeña ciudad recibió el nombre de Amecameca, que en lengua Nahuatlán significa pueblo construido sobre pueblo. Innumerables personas, junto con sus hogares y posesiones, con el tiempo se habían convertido en polvo uno encima del otro.

Los dos volcanes estaban preparados y listos, con sus conos abiertos hacia el cielo. De sus gargantas salían suaves volutas de humo, como finas y blancas lenguas que se retorcían y ascendían. La mayor de las dos montañas se elevaba más de 5452 metros; su cono rodeado de nieve blanca y brillante se estrechaba por sus escarpadas laderas. La otra montaña, un poco más pequeña, era dentada en muchos lugares y más escarpada. Se llamaban Popocatépetl e Iztaccíhuatl. Popo era el guerrero e Itza la princesa. Estos dos gigantescos montículos de tierra viva dominaban el valle y el pueblo de Amecameca. Como todos los vecinos, los dos volcanes a veces regañaban y mostraban disgusto.

En el centro de Amecameca estaba la plaza rodeada por una iglesia, un café, una cantina y un hotel. Los miércoles había un animado mercado de frutas y verduras en la calle junto a la iglesia. Al lado al hotel de cuatro pisos había una tienda de perfumes y jabones. Maya y su madre vivían sobre la tienda. La estación de autobuses estaba a dos cuadras de la plaza. Los buses de segunda clase de la Capital pasaban a toda velocidad, los que la niña observaba por la ventana. El edificio parecía estremecerse. A Maya le gustaba sentarse ahí, esperando que su padre apareciera.

Tres años y medio antes, el padre de Maya se había puesto su único traje. Luego, había arrebatado todo el dinero de la familia escondido tras la Imagen de la Virgen de Guadalupe. Había mirado extrañamente a Maya diciendo que iba a dar un paseo, pero se había subido a un autobús de Ciudad de México.

Desde entonces no habían vuelto a saber mucho de él. Sin embargo, Maya conservaba su alegría y optimismo y esperaba que reapareciera algún día. Su madre no compartía la fe de la niña de quince años y había arrugado y tirado la última carta a la basura con un juramento. Maya la había observado y había concluido que la carta no traía noticias fructíferas ni menos dinero.

A Maya le gustaba recordar uno de los días más significativos de su vida. Había sido en una visita al zoológico cuando ella era muy pequeña. Madre, padre e hija se habían acercado al foso de los leones. Habían visto al león deshilachado caminando de un lado a otro en la jaula excavada en el suelo. La jaula habría sido más adecuada para un gato doméstico. La familia se miró unos a otros con tristeza. La evidente angustia del animal le había arruinado el día a Maya. Pero compartir esa repulsión por la crueldad con sus padres había significado mucho para la sensible niña. La pequeña familia abandonó el zoológico y fue a tomar un helado para aliviar la vista del león sufriente.

Después de que el padre de Maya se fue del nido, su hermano Mario empezó a merodear por la casa. Llegaría sin avisar con pasteles y dulces y trataría de congraciarse con la madre de Maya. Ella lo rechazó de inmediato y le dijo a su cuñado que él y sus pasteles no eran bienvenidos. Pero él no se dejó intimidar e insistió en ser parte de la familia. Las relaciones permanecieron en un incómodo punto muerto. El tío Mario a menudo andaba por la calle y seguía a Maya cuando ella salía a hacer trámites. Maya se quejó, él insistió en que su seguridad era su única preocupación. Maya le dijo a su madre que el tío Mario le daba escalofríos y su madre respondió: "¡Maya, debes mantenerte alejada de él, es un vampiro!"

Poco tiempo después, en una mañana soleada, la madre de Maya, no despertó, se había quedado en el sueño. El médico que fue llamado a su cabecera no pudo señalar la causa de la muerte, y en realidad no importó mucho. Había sido el cumpleaños de Maya, un día especial que marcaba su decimosexto año de vida. Las dos modestas habitaciones estaban decoradas con papel crepé de colores y globos. Las provisiones para un feliz banquete estaban listas para ser preparadas en la cocina. Pero la alegría rápidamente se escapó de todos los globos y una festiva celebración de cumpleaños se convirtió en un velorio. Los vecinos, que de todos modos siempre estaban pensando en la muerte, tenían una gran reserva de lágrimas, basadas en sus propias vidas agotadoras. Fue una notable demostración de destreza y lo único que quedó sin controlar fue el corazón roto y temeroso de Maya.

Durante este triste momento, el tío Mario estuvo en todas partes, realizando todos los detalles necesarios para enterrar legalmente a su cuñada. Maya se sentía agradecida, pero también sentía una tremenda inquietud. Mario era su único pariente y, lo que era peor, su tutor legal. Esta preocupación estalló en pánico absoluto cuando su tío le propuso mudarse al pequeño apartamento con ella.

Maya se sentía tan vulnerable que le provocaba náuseas. Pero ella era una niña valiente y tomó una decisión rápida. ¡No había manera de que pasara un minuto a solas con el tío Mario aquí o en cualquier otro lugar! Empacó su mochila con todo lo esencial que poseía y ató su saco de dormir a la solapa superior. Esta vez fue Maya quien se embolsó los ahorros escondidos detrás de la imagen de 'La Virgen de Guadalupe'. Corrió las dos cuadras hasta la estación de autobuses y abordó un colectivo hacia la Capital, como lo había hecho su papá años antes. Pero Maya no tenía un plan. Ella simplemente estaba huyendo instintivamente del peligro.

Menos de dos horas después, estaba en la Cuidad de Mexico. Maya se encontraba afuera del Terminal de Autobuses de Pasajeros de Oriente (TAPO). El rugido de la cuidad la asaltó y se quedó helada, sin saber qué hacer. Si no hubiera estado pertrificada se habría desplomado en el suelo y roto a llorar. Maya volvío al TAPO, encontró un asiento y no volvió a salir de la estación de autobuses. Se sentó nerviosamente devanándose los sesos. ¿A dónde podría ir para estar a salvo¿

Más tarde, ese mismo día, una Maya decidida regresó a Amecameca con el plan b en mente. Caminó deliberadamente hacia el único lugar que estaba segura que podía ofrecerle cierto consuelo y seguridad. Maya siempre había amado caminar en las muchas lagunas ocultas, gargantas y prados en los senderos entre las montañas. Ese día, los dos imponentes volcanes eran como gigantes amables y amigables jugando juntos, interactuando con la luz efervescente en un cielo de nubes brincadoras. Estas olas fluían sobre las cumbres con cambiantes matices de color. Era un día perfectamente hermoso para buscar un santuario en la montaña. Entonces, Maya desapareció de Amecameca y comenzó a vagar por las laderas boscosas de las montañas como un esquivo puma.

Maya evitó el puesto de control militar en Paso de Cortés en la silla que separa a Popo de Itzá. Conocía varias maneras de pasar desapercibida. Por otro lado, los afables agricultores que vivían en lo alto de las laderas de las montañas dejaban comida en los senderos para Maya. Al día siguiente verían que la comida había desaparecido, reemplazada por ramos de flores y hierbas silvestres aromáticas. Estas amables personas sonreían felices, pensando que sus acciones ayudaban a preservar un espíritu precioso y delicado. Además, muchas de las hierbas que Maya dejó eran bastante valiosas. Mientras tanto, la gente de la ciudad empezó a llamarla "Maya de las Montañas", porque sólo en las laderas y crestas podían ver fugaces destellos de ella.

Maya regresaría una y otra vez a sus lugares favoritos en las montañas. En sus escondites secretos se sentaba y contemplaba el mundo. Sus ojos buscaban la aguja de la iglesia de Amecameca y usándola como punto de referencia, Maya podía observar a la gente marchando de aquí para allá como hormigas.

Abajo, los habitantes de la pequeña y ajetreada ciudad señalaban un punto insignificante que parecía cernirse de vez en cuando sobre un peñasco en una cresta lejana. Decían: "Ahí está Maya de las Montañas" y observaban sus progresos mientras Maya exploraba los pliegues de las montañas. A veces, un pino solitario se confundía con Maya y durante todo el día la gente creía que Maya estaba sentada inmóvil y sumida en sus pensamientos.

El tiempo se filtraba desde el horizonte en gotas invisibles. Amecameca mantuvo su lugar encajado entre los dos Goliat. Los habitantes habían sucumbido a su destino: algunos morían y otros nacían. Como siempre había sido, los muertos eran sacrificios y los recién nacidos eran regalos.

Maya se había vuelto más fuerte, ahora sus divagaciones por las montañas la habían llevado cada vez más alto. Había encontrado muchos lugares ocultos donde observó a todas las criaturas de la tierra retozando, cazando y sobreviviendo por sus instintos naturales. Maya deseaba poder ser como uno de estos animales que viven en el aquí y ahora, sin ayer ni mañana. Su corazón todavía estaba pesado por el dolor y la preocupación. Maya intentó apagar sus recuerdos pero fracasó. Como en un incendio forestal, una pequeña chispa es suficiente para encenderlo. Las brasas de emoción en la mente de Maya mantuvieron vivo el bosque de recuerdos ardientes.

En una noche sin estrellas, con un terrible temblor en su corazón, Maya fue testigo de cómo las dos montañas se enzarzaban en una terrible pelea que sacudía la tierra. Resoplaron y resoplaron una a otra, arrojando grandes nubes de vapor y ceniza al aire. De sus costuras escaparon vapores mortales y las dos montañas rompieron el suelo como un látigo. El mundo parecía a punto de terminar en su ataque de furia. Maya corriendo frenéticamente en un momento se aferró a un árbol, y saltó al siguiente. Luego, siguió corriendo para cubrirse, agachándose y esquivando la caída de rocas fundidas. Maya finalmente llegó a la seguridad de una de sus cuevas secretas.

Al amanecer las montañas entraron en calma. Habían agotado todo su rencor y odio, sus energías estaba gastadas. Maya había sobrevivido y salió ilesa de su escondite. Su preocupación ahora era por los animales, se aventuró cautelosamente a visitar su ventajoso mirador.

Cuando Maya escuchó voces su primer impulso fue correr en la dirección opuesta. Pero dudó y pronto se dio cuenta de que las palabras que estaba escuchando eran extrañas. Se arrastró hacia adelante y, mirando hacia abajo desde una roca vio a tres personas debajo. Maya dudó por un momento. No estaba segura de si debía mostrarse o no, pero no podía dar la espalda a las personas en peligro. Maya gritó con voz suave "¿quién eres?" Los tres excursionistas se quedaron paralizados, luego una mujer habló en español pidiendo ayuda. Maya se deslizó por la pendiente de la roca, cayendo a los pies de los extraños.

La mujer habló primero. Su nombre era Paola y era de Chile. Frederick alemán y Alí de Jordania. Pertenecían a un club de escaladores amateur y milagrosamente estaban ilesos. Se habían separado de su guía y perdido mientras huían de la explosión volcánica y el terremoto. Se perdieron sus mochilas con mapas y no tenían idea de cómo descender de la montaña.

Maya le dijo a Paola que podía guiarlos hasta Amecameca. Los tres exhaustos excursionistas dieron un suspiro de alivio y grandes sonrisas se formaron en sus rostros. Maya recordó muchas veces en Amecameca haber visto a extranjeros salir del edificio cercano a la estación de autobuses. Era un club llamado Instituto y Albergue Alpinista. Maya recordó a los gringos con mochilas gigantes. Y ahora, de repente, Maya estaba guiando a tres de esos turistas por la pendiente más traicionera de Popo.

Durante el descenso hubo muchos barrancos bloqueados y Maya tuvo que idear desvíos. Ella escogió con esmero su camino, guiando a los escaladores cada vez más abajo. Los excursionistas quedaron asombrados por el conocimiento que Maya tenía del terreno. A medida que las cosas se fueron haciendo más fáciles, Paola le hizo muchas preguntas a Maya. Se enteró del exilio autoimpuesto de Maya de Amecameca. A última hora de la tarde, Maya los había dejado a la vista de la ciudad. Fue en ese momento cuando Maya pensó en regresar a su refugio boscoso.

Paola les dijo a los demás que Maya los iba a dejar y hubo un pequeño alboroto. Frederick y Alí imploraron a Maya que los acompañara y fuera festejada por sus esfuerzos por salvarlos. Maya le confió que no podía regresar a Amecameca por culpa de su tío. Los tres excursionistas argumentaron que Maya podría quedarse en el Instituto Alpinista. En realidad, era una pequeña cafetería y albergue con varias habitaciones con literas. Su tío no tenía como enterarse de que ella estaba ni siquiera en Amecameca. Paola finalmente convenció a Maya y le regaló un tuque y un pañuelo para cubrirse la cabeza y el rostro.

Mientras se acercaban al pueblo, Maya pensó que su corazón iba a estallar. No se había dado cuenta de cuánto extrañaba las preocupaciones cotidianas de la vida en Amecameca. Entonces, recordó al tío Mario y su imagen descompuso su feliz regreso a casa. Los cuatro cansados excursionistas finalmente llegaron al club alpino y fueron recibidos con gritos de felicidad. Los miembros del club temían que los escaladores desaparecidos hubieran sido víctimas de la erupción. Maya conoció a otros seis extranjeros de todo el mundo y a tres compatriotas mexicanos que dirigían el club. Maya recibió merecidas felicitaciones por rescatar a Paola, Frederick y Alí.

Esa noche Maya durmió muy feliz en la litera superior con su nueva amiga Paola en la inferior. Maya se despertó al día siguiente y seguía siendo la heroína del momento, muy preocupada por todos los miembros del club. Se consideró un día de celebración. De hecho Osvaldo, el director del Instituto Alpinista, le ofreció a Maya una membresía o un trabajo, cualquier cosa que Maya quisiera.

Maya estaba parada con Alí. Le estaba mostrando dónde estaba la nación de Jordania en el mapa mundial. Fue entonces cuando Paola llamó aparte a Osvaldo y habló seriamente con él durante unos minutos. En medio del ambiente alegre y festivo Osvaldo salió. Los felices acontecimientos se trasladaron al pequeño café en la parte trasera del edificio donde todo el grupo devoró un desayuno de huevos revueltos, refritos (frijoles refritos), montones de tortillas y galones de café caliente.

Maya todavía tenía miedo de poner un pie fuera del Alpinist Club. Entre estas personas amigables de diversas nacionalidades y sus compatriotas mexicanos sintió una sensación de protección que nunca antes había sentido. Era mucho mayor que la solitaria seguridad de las montañas. Después del desayuno, Maya regresó a su litera superior. Le gustaba subirse a ella y sentir el suave colchón debajo de ella.

Allí la encontraron Paola y Osvaldo para darle la noticia. Osvaldo, ante la insistencia de Paola, había ido al Ayuntamiento a preguntar por la familia de Maya. Había descubierto información interesante. Aún no había noticias del padre de Maya, pero el tío Mario había muerto nueve meses antes de un infarto. Rara vez es una buena noticia informar de la muerte a un familiar, pero en este caso Maya sintió más alivio que tristeza. En un microsegundo, el miedo en su corazón se borró. Osvaldo le prometió a Maya que podría quedarse en el albergue todo el tiempo que quisiera.

Algunos meses después de los hechos de esta historia Maya todavía vivía en el club de escalada. Había sucedido de forma natural y ahora Maya trabajaba como guía en el Instituto Alpinista. Osvaldo siempre la presentaba a los nuevos escaladores como 'Maya de las Montañas'.

Hoy, en la pequeña ciudad de Amecameca entre los volcanes Popocatépetl e Iztaccíhuatl continúan las escenas de drama humano.

Asesinato por Coyote

El nombre de la víctima del asesinato era Emiliano. Sus padres le habían puesto el nombre de Emiliano Zapata, el gran patriota mexicano. Desafortunadamente, su hijo de diecinueve años correría la misma suerte que su tocayo. Emiliano había nacido en Playa Azul en la costa del Pacífico de México. Su familia era pobre pero se las arreglaba mejor que la mayoría. El padre del niño, Neil, era originario de San Luis de Potosí. Había sido vaquero en su juventud y siempre usaba botas de vaquero (pero ningún sombrero de vaquero yanqui).

Neil insistiría en que la familia conociera la verdad sobre los vaqueros. Contaría cómo en el año 1521 un tal español de nombre Gregorio de Villalobos trajo los primeros becerros a América. Los rancheros españoles administraron y criaron el ganado hasta la Independencia de México. Entonces nació el vaquero mexicano. Estos vaqueros originales cabalgaban en los pastos ganaderos, que en ese momento se extendían hasta lo que hoy es California y Nevada.

En este punto, el rostro de Neil se tensaba y su voz subía un grado de volumen. No era ningún admirador del presidente Santa Anna. Relataría cómo comenzó la guerra entre México y Estados Unidos en 1848. Cómo México perdió la guerra y no pudo impedir que los estadounidenses hambrientos de tierras avanzaran hacia el oeste. En 1853, Santa Anna cedió más de la mitad del territorio de México. Por la reacción de Neil se podría pensar que todo sucedió ayer.

Para cambiar de tema la familia hizo preguntas sobre Zapata. Era el favorito de Neil. Esta vez Neil comenzaría contando cómo el precio del azúcar se disparó en los mercado internacionales durante las primeras dos décadas del siglo XX.

Los terratenientes de la ciudad de México estaban robando tierras alrededor de Cuernavaca para poder cultivar más caña de azúcar. Un día, los campesinos se reunieron y le rogaron a Zapata que aceptara y protegiera sus escrituras y títulos de propiedad. Los campesinos confiaban en el incorruptible Zapata. Neil explicaría que Zapata y su ejército indio eran un movimiento agrario indígena. El grito de Zapata "Tierra y Libertad" todavía resuena hoy, porque tenía como objetivo devolver la tierra al pueblo, lo que nunca ha sucedido, al menos hasta ahora. Todo se vino abajo en 1913 durante los "diez días trágicos". Madero, el presidente electo, fue asesinado. El propio Zapata fue emboscado y asesinado por los federales en 1919.

Neil explicó que era una vieja historia y que hoy muy poco ha cambiado. Su voz comenzaría a apagarse al describir cómo en la época de Zapata el interés era el azúcar, muchas décadas después el petróleo y ahora la cocaína. Las generaciones de políticos deshonestos se turnan para hundir la cabeza en el abrevadero y así absorber su parte de la estafa eterna. Los mexicanos comunes y corrientes nunca se dejan engañar, pero los poderosos tienen un control tenaz. Luego, Neil se callaba y la familia sabía que estaba furioso por la interminable corrupción en su amado México.

La familia conocía bien a su papá y esta vez para calmarlo enunciaron a José Vasconcelos. A Neil se le iluminaban los ojos cuando hablaba del ministro de Educación Pública, nombrado en 1920. Era otro de los héroes de Neil. La voz de Neil volvió y relató cómo Vasconcelos inició una cruzada por la alfabetización. Construyó escuelas rurales y bibliotecas. Neil se jactaba de cómo Vasconcelos contrataba a los mejores pintores de México. Hoy, gracias a él, hay magníficos murales en decenas de edificios públicos en cada capital del Estado. Neil terminaba poniéndose de pie y citando al ministro de educación, exclamaba: "El espíritu hablará a través de mi raza".

Como ocurre a menudo, la vida previsible de esta pequeña familia se vio interrumpida bruscamente. Había empezado como un día normal. El padre de Emiliano llevaba más de doce años trabajando en la gigantesca fábrica de cemento. Eran unas instalaciones enormes y modernas a unos catorce kilómetros de Playa Azul. El autobús de la empresa recogía a los trabajadores en la carretera todos los días a las seis de la mañana.

La autopista es también la calle principal de Playa Azul. Coincidentemente, se llamaba Avenida Emiliano Zapata, que de alguna manera evolucionó y se empezó a llamar extraoficialmente AZ y ahora se llama por la palabra inglesa 'easy'. Easy Street es humor negro al estilo mexicano, porque como dicen las viejas de ojos cansados; "La vida es dura" (life is hard) mientras se señalan los codos. En Easy Street hay hoteles y restaurantes destartalados a ambos lados. Esta ancha carretera continúa hasta el Océano Pacífico, donde se cruza con la carretera de la costa que va de norte a sur. Playa Azul no es una ciudad turística y los viajeros solo paran en ella para cambiar de bus y seguir.

Aquella fatídica mañana, Neil estaba con un grupo de trabajadores esperando el autobús. Hablaban de política y discutían amistosamente, como de costumbre. Subieron a la pequeña furgoneta de la empresa. Había nueve hombres más el conductor. Los pasajeros continuaron su conversación mientras la furgoneta atravesaba el cruce. Se saltó el semáforo en rojo sin parar. Eso es todo lo que Neil recordaba porque en ese momento toda la conversación se detuvo instantáneamente cuando un camión de cemento se estrelló contra la pequeña furgoneta matando a todos excepto a Neil.

El sobrevivió, pero sin su pierna izquierda. Un mes después se asomó sin entusiasmo al mundo. Ya no sentía la plenitud de su ser. La familia intentó demandar a la fábrica de cemento, pero la empresa alegó que el servicio de transporte se había subcontratado a una empresa de autobuses independiente. Esa empresa no estaba debidamente asegurada y, convenientemente, se declaró en quiebra. La familia de Neil discutió y discutió y al final debían dieciocho mil pesos a un abogado local desinteresado. Neil lo describió; "Es tan inútil como las tetas de un toro".

A consecuencia del accidente, Neil se desplazaba con su muleta pero su espíritu estaba destrozado. Un día se paró junto a la caja donde guardaba sus tres viejos pares de botas de vaquero y notó que tenían los tacos desgastados Por alguna razón, eso afectó mucho más a Neil. Tomó las tres botas para el pie izquierdo y se las dio a un zapatero para que las usara en las reparaciones. Pero, unos días después, la caja medio vacía lo molestó tanto que fue a buscar las botas. A su edad, Neil estaba teniendo serias dificultades para adaptarse a su incapacidad.

Así estaban las cosas el día que Emiliano se sentó en una silla de plástico blanca junto a Neil en el frente de la casa. Le dijo a su padre que estaba pensando en viajar al norte. Neil respondió; "Hijo, odio pensar en que te vayas. Pero no me sorprende. Todo ha cambiado, pero no te apresures en la decisión". Desde el momento que Neil había dejado de trabajar, las cosas se habían vuelto muy difíciles para la familia. Al principio, Emiliano había intentado conseguir el antiguo trabajo de su padre en la fábrica de cemento, pero las vacantes que dejaron las víctimas del accidente fueron ocupadas rápidamente por amigos y familiares de jefes de la compañía. Durante un tiempo se quedaron sentados sin decir una palabra. Neil se resignó, finalmente se levantó y estrechó la mano de su hijo mientras las lágrimas brotaban de sus ojos. Emiliano sabía que su papá se sentía responsable por perder su trabajo y no sabía qué decir. El silencio se prolongó hasta que Neil dijo que debía hablar con Carlos quien era un primo que había vivido en Texas. Emiliano se levantó diciendo que ya iba a hablar con él. Pero él no fue a ver a su primo, sino que caminó hasta el océano. Se sentó en la dura playa mirando las olas sintiéndose sentimental. Oficialmente, se estaba despidiendo de su antigua vida. Al final, Emiliano sucumbió al destino, no a su propia voluntad. En un abrir y cerrar de pestañas la mala suerte había sido destruida

La seguridad de una familia pesaba en el corazón del joven, y tuvo que aceptar una conclusión no deseada. Tendría que ir al país del norte en busca del sustento para los suyos.

Algunos de los amigos de Emiliano de la escuela secundaria habían tenido en un momento u otro el impulso de dirigirse a buscar trabajo en los EE.UU. Para algunas familias fue un éxito, para otras un desastre. Para aquellos que lograron ubicar familiares en los EE. UU. con un trabajo remunerado, saltaron al menos dos o tres muescas en el medidor de calidad de vida. El otro escenario significaba perder a un hijo o hermano pequeño en prisión o algo peor.

Es irónico porque Emiliano nunca fue de los que fantaseaban con el 'Sueño Americano'. Emiliano nunca tuvo la intención de viajar al norte para trabajar para los gringos. Amaba a México y por supuesto todos sus seres queridos estaban en México. Sin embargo, cada joven mexicano tiene la solución fácil a todos los problemas de la vida, que generalmente tienen que ver con el dinero. Estados Unidos no era más que una enorme piñata que colgaba muy cerca de la nariz de cada mexicano en apuros. Una piñata roja, blanca y azul llena de dólares verdes.

Año tras año, se había vuelto más peligroso y más difícil de llegar a Estados Unidos. Incluso si lograban cruzar la frontera, tenían que esquivar las patrullas fronterizas. Cientos de kilómetros al norte de la frontera detenían los vehículos y se comprobaban los documentos. Los jóvenes que intentaban cruzar ciertamente se sentían como animales perseguidos. No les importaba. Huyendo de la violencia y la pobreza, siguieron llegando.

Para Emiliano las cosas avanzaron rápidamente. Para financiar esta empresa familiar, todos los miembros reunieron casi cuatrocientos dólares estadounidenses. Era como compartir un billete de lotería humano. Agarrando una pequeña bolsa de viaje, Emiliano se encontró en la estación de autobuses con el núcleo familiar de nueve dedicados miembros. Fue una escena emotiva. Neil se apoyó en su muleta y miró a su hijo con cara de piedra. Emiliano sintió que nunca olvidaría ese rostro triste, pero tenía la esperanza de poder recuperar pronto la sonrisa de su padre.

En la parte delantera del autobús se leía Nuevo Laredo. Emiliano tenía el nombre de un hotel en esa peligrosa ciudad fronteriza donde debía preguntar por cierto hombre que era un coyote. Así llaman a los que guían a los jóvenes mexicanos a través de la frontera y hacia la tierra de Texas o Arizona. ¿Se podía confiar en un completo desconocido para ayudar a gente desesperada a cruzar con seguridad a la tierra de las oportunidades? Había muchas lúgubres historias sobre coyotes. A menudo, no eran más que soldados de un cártel que se lucraban con las esperanzas e ilusiones de esos jóvenes. Los emigrantes tenían pocas opciones. Emiliano decidió ser tan cauteloso como un coyote de verdad. Pensó encontrar y unirse a cualquier grupo de viajeros que intentara alcanzar los mismos objetivos que él. "La unión hace la fuerza", se decía. No obstante, había una gran cantidad de miedo alojado en el corazón del joven.

El autobús subió por la costa hasta Mazatlán. Pasó las largas horas mirando las olas que rompían contra la costa del Pacífico mexicano. Sus pensamientos estaban muy lejos. Ya echaba de menos a su familia y su excitación se había convertido en aprensión nerviosa. Tuvo tiempo de tomar un refresco en la destartalada estación de autobuses de Mazatlán. Vio mochileros norteamericanos disfrutando sus aventuras por México. Una punzada de envidia se agitó momentáneamente en su pecho.

Tras salir de Mazatlán, el autobús giró hacia el interior, hacia la Sierra Madre Occidental. Emiliano dormía a ratos con la cabeza rebotando contra la ventanilla del autobús. El paisaje era verde y enmarañado; más tarde, en Durango, era marrón y abierto. Sentados en los viejos carruajes había campesinos menonitas vestidos a la antigua usanza. Tomó nota mentalmente de que debía preguntar a su padre por estas personas que habían emigrado de Estados Unidos a México. Atravesó Torreón y Saltillo profundamente dormido y finalmente llegó a Monterrey. La frontera con EE.UU. estaba a sólo unas horas.

El autobús de la Flecha Amarilla llegó a la ciudad fronteriza de Nuevo Laredo tras treinta y tres horas de viaje. Emiliano se desplomó en un asiento de la estación de autobuses y dormitó un par de horas abrazado a su bolsa de ropa contra el pecho. Se había enrollado la correa alrededor de la muñeca para disuadir a los ladrones. Necesitaba un breve respiro antes de empezar esta gran prueba de la vida. Había muchos otros emigrantes errantes, mexicanos y centroamericanos en Nuevo Laredo por las mismas razones. Habló con un joven; se llamaba Romero. Este amable joven le ofreció la oportunidad de unirse a otras quince personas que cruzaban esa misma noche. Emiliano sintió que su suerte estaba cambiando y aceptó rápidamente.

Emiliano le preguntó a Romero por él, pero el joven movió la cabeza con tristeza y le dijo a su nuevo amigo que no le gustaba hablar de sí mismo. Luego, con una voz más entera y amistosa, dijo "llámame Rom". Se quedaron en silencio un instante, y luego el muchacho le dijo a Emiliano que el coyote que había conocido le había prometido un descuento si podía traer más gente que quisiera cruzar. Se ofreció a compartir esta recompensa. Así que Romero y Emiliano se aventuraron por las calles de Nuevo Laredo buscando a más jóvenes que quisieran cruzar a Estados Unidos.

No fue una tarea difícil y en el momento de la partida los quince originales habían aumentado a veintidós hombres y cuatro mujeres. Emiliano deseó poder llamar a su padre y decirle que todo parecía ir bien y que no se preocupara. Se sorprendió cuando Romero entró en la cantina riendo, diciendo que era hora de saciar su sed. Hasta ese momento, Romero se había comportado como un agente de viajes impaciente. Emiliano le siguió al interior, pero rechazó la oferta de una cerveza. Vio cómo Romero se bebía rápidamente dos cervezas y tres chupitos de tequila. Emiliano sintió un repentino escalofrío de sospecha.

Cuando salieron del bar, Emiliano no estaba seguro de si debía arrepentirse, pero Romero volvió a convertirse en el guía impaciente. Condujo al grupo a la estación de autobuses. Aconsejó a todos que compraran agua. Dirigió a toda esa gente esperanzada al autobús urbano correcto. Comprobó que tenían monedas para el billete. Veinte minutos más tarde, el vehículo los deja en el paso elevado de la autopista, aún sin terminar, a las afueras de la ciudad. El nervioso grupo de inmigrantes se puso en cuclillas para esperar a que el coyote los recogiera. Romero se pasó el tiempo fumando un cigarrillo tras otro.

Por fin, cuarenta minutos más tarde, un camión U-Drive alquilado se detuvo y dos hombres salieron de la cabina y hablaron con Romero. Un hombrecillo feo con una pistola en el cinturón gruñó instrucciones. Metió a todos a toda prisa en la parte trasera del camión y en menos de diez minutos se adentraron en la noche. En la negrura absoluta del remolque del camión había una corriente viva de electricidad. Se componía principalmente de miedo aligerado por una pequeña cucharadita de esperanza. Hubo conversaciones en voz baja, pero con los altos niveles de ansiedad, muy pronto el silencio envolvió a los valientes inmigrantes.

Después de dar tumbos juntos en la oscuridad durante cuarenta y cinco minutos, sintieron que el camión entró en un camino de grava. Esta carretera llena de baches mantuvo a todos ocupados tratando de no chocar unos con otros. Todos sintieron que el camión se salía del camino de grava y ahora estaban rebotando en el suelo, obviamente no había más camino. La excitación en el camión aumentó al suponer que debían estar cerca de esa línea fronteriza invisible.

De repente, el camión se detuvo. La puerta se abrió y la obediente carga humana bajó y se apiñó a la espera de nuevas instrucciones. Emiliano miró a su alrededor en busca de Rom, pero no lo vio por ninguna parte entre los viajeros. Lo último que oyó fue una ráfaga de ametralladora.

Meses más tarde, veintiséis cuerpos fueron encontrados en el desierto a treinta y seis millas al sur de Nuevo Laredo. Estas desafortunadas víctimas habían sido rociadas con balas de ametralladora. ¡Disparos por la espalda! Uno de ellos era Emiliano de Playa Azul. Los soñadores mexicanos y centroamericanos habían sido robados y asesinados en el desierto. Ninguno de los seres humanos traicionados ni siquiera había llegado a la frontera de EE.UU. En realidad habían sido expulsados hacia el sur lejos de la frontera.

La familia de Emiliano supo lo que le había ocurrido a su hijo un año después. A Neil se le encogió el corazón. Deseó una y otra vez que hubiera muerto en el accidente del autobús. Llegó a la conclusión de que si eso hubiera ocurrido, Emiliano estaría vivo hoy. Cuando, la familia tuvo que alquilar la habitación de Emiliano la pena consumía a Neal. Sacar las pocas pertenencias de su hijo ahondaba más los recuerdos, no quería deshacerse de nada. En un rincón vio un pequeño oso triste de peluche que le había regalado cuando Emiliano recién se empinaba de la cuna. Este quehacer se convertía en una pesadilla. Era el punto de inflexión para Neil. Nunca más volvió a hablar sobre la historia de México. De hecho, nadie volvió a oírle pronunciar el nombre de ese país.

Renacer en Zapotec

El 22 de abril de 1519, la civilización azteca se enfrentó a una gran convulsión. Los saqueadores de oro y destructores culturales de España desembarcaron al mando de Hernán Cortés en Chalchiucueyetl-cuecan ("arena sobre arena amontonada"), un islote frente a San Juan de Ulúa, territorio ubicado actualmente en el estado de Veracruz, México. Cortés orquestó un juego despiadado desde el momento en que desembarcó en el Nuevo Mundo, sembrando confusión y devastación al incentivar el enfrentamiento de diferentes pueblos con el imperio azteca presidido por el emperador Moctezuma, como los tarascos y los tlaxcaltecas. Al fín ocupó Tenochtitlan, la capital del imperio.

Los sanguinarios guerreros de la vieja Europa, paradojalmente católicos, conocidos como los conquistadores del Nuevo Mundo encontraron una expresión fácil para su violencia llegando a quemar a los nativos en la hoguera en nombre del cristianismo. Sin embargo, su hambre por el oro no estaba restringida por la práctica o la creencia en ninguna forma de moralidad (la hipocresía religiosa universal del conquistador está bien documentada en la historia). La segunda y tercera oleada de invasores españoles rapaces se repartieron sistemáticamente la tierra. Sus marcas de propiedad fueron grabados a fuego en la piel de muchos sufrientes indios. Los historiadores trataron severamente a los conquistadores españoles de México.

Hay una ciudad del sur de México donde hace 1.500 años atrás gobernaron los reyes zapotecas. Hoy en día los zapotecas se resisten a la erosión de su cultura. La antorcha de su legado espiritual vuelve a encenderse. En el pobre Estado mexicano de Oaxaca, la gente está redescubriendo su historia y su lengua. Se están haciendo esfuerzos por volver a aprender historias antiguas y la poesía zapoteca ha vuelto a la vida de los pueblos originarios.

Ruinas antiguas agitan las cenizas de la historia zapoteca ofrecen a la nación de México ricas posibilidades culturales para el futuro. Lo sobresaliente, la antigua ciudad de Monte Albán y el centro religioso Mitla son las identificaciones de una cultura única. El pueblo zapoteco seguirá luchando para conservar su etnia contra las fuerzas de la asimilación progresista y económica.

En la capital del estado, Oaxaca, aún existen vestigios de una época anterior. De vez en cuando se comen chapulines (saltamontes secos) que se capturan en los campos de cultivo de las afueras de la ciudad. Alrededor del Mercado Central (Mercado el 20 de noviembre), los vendedores ofrecen estos insectos en grandes cestas abiertas. Otro sabor local es el chocolate caliente puro, popular en lugar del café. En una cafetería le prepararán la deliciosa taza matutina a partir de grandes bloques de chocolate. Hoy, las antiguas tradiciones comparten la ciudad con modernos atascos de vehículos, comida basura, contaminación descontrolada y turistas.

A cincuenta kilómetros de Oaxaca, un niño mexicano de diez años de ascendencia zapoteca llamado Pedro, vive con su madre y su padre en un pequeño pueblo llamado Santa María del Tule. Es famoso en el estado de Oaxaca porque ahí existe un asombroso árbol. Se dice que tiene más de dos mil años y catorce metros de diámetro. Cuenta una leyenda; que en el año 64 mientras Roma ardía y Nero el emperador romano tocaba un violin, este árbol, un árbol joven en aquel momento, tenía sus propias ambiciones de grandeza. Hoy, esta atracción arbórea se encuentra frente a una pequeña iglesia. Hay que pagar para entrar bajo su techo sagrado y ahora rentable.

Los padres de Pedro le protegen mucho porque nació con una discapacidad visual. Les preocupa que la vida de su hijo sólo le depare penurias y tragedias. El pequeño Pedro lleva unas gafas muy gruesas e incluso en un día soleado, su vista es borrosa, reducida al quince por ciento en el mejor de los casos. Lleva a la escuela su pequeña y maltrecha grabadora. En casa, la escucha una y otra vez hasta que él ha entendido totalmente sus lecciones. El joven está vivo de muchas otras maneras que compensan hasta cierto punto su discapacidad visual. Pedro tiene fama entre sus compañeros de colegio de ser un chico con mucho sentido del humor, y para él es el paraíso hacer reír a sus amigos.

Hubo una ocasión en que la habilidad de imitación de Pedro se hizo evidente para la vecina de la familia, Lupita. Ese día, sus padres no lo habían dejado salir porque tenía dolor de estómago. Ellos tenían prisa de tomar el autobús a Oaxaca y habían dejado al niño acurrucado y calentito en una cama en casa de la vecina. Los padres, preocupados habían pedido a su amiga Lupita que lo cuidara. La familia de Pedro no tenía teléfono, pero la casa de Lupita sí.

Lupita estaba ocupada planchando ropa cuando sonó el teléfono. El pequeño Pedro se acercó el auricular del teléfono a la oreja. Escondió su rostro de los ojos inquisitivos de Lupita. Era el colegio, que quería saber el paradero de su alumno ausente. Hablando con calma, utilizando la voz de su padre, le dijo al director del colegio que su hijo tenía dolor de barriga. Al principio, Lupita, cuyos oídos escuchaban, pero no daban crédito, se quedó estupefacta. Después de colgar el auricular, Pedro tardó diez minutos en convencerla de que no estaba poseído por el diablo. Lupita estaba muy disgustada con el engaño telefónico de Pedro.

Pedro apeló a su razón. Dado que fueron sus padres quienes decidieron que estaba demasiado enfermo para ir a la escuela, ningún perjuicio se causó. De hecho, afirmó que le ahorraría a la escuela el tiempo y el esfuerzo de llamar de nuevo más tarde. Pedro sabía que sus padres generalmente no apreciaban los juegos y trucos, por lo que apeló a la vanidad de Lupita, comparando su amplia experiencia de vida (anteriormente de Guadalajara) con sus padres agricultores. Finalmente, estuvo de acuerdo en que sería su pequeño secreto inofensivo. Lupita, ahora bajo el hechizo de Pedro, seguía pidiéndole que hablara como su padre. En poco tiempo, los dos estaban rugiendo juntos de risa. Pedro rara vez perdía la oportunidad de compartir alguna risa y, a menudo, sus travesuras acababan con el niño con cara de aceptar las consecuencias de sus actos.

Para demostrar aún más las inusuales facultades del joven, venía la fiesta de cumpleaños de Salvador. Pedro esperaba con impaciencia el noveno cumpleaños de su mejor amigo. Había informado a sus padres de que Salvador necesitaba un libro ilustrado en colores de animales africanos. Sus padres siguieron su sugerencia. De hecho, en un momento de amor que superó la disciplina económica, compraron dos libros. El pequeño descuento por comprar el segundo libro cerró el trato. El padre de Pedro se deleitaba subiendo su hijo a su regazo y describiéndole todos y cada uno de los animales. Cogía el dedo de su hijo y trazaba la forma de cada animal.

Pero volvamos a los acontecimientos de la fiesta. La madre de Salvador había pasado media noche despierta preparando deliciosos manjares para sus diminutos invitados. Todo estaba listo para el ágape. Todos los compañeros de Salvador estaban invitados. Hubo canciones, juegos y, por supuesto, torta de cumpleaños. La celebración fue un gran éxito, medido por el "medidor de gritos" y confirmado por la cantidad de torta de cumpleaños pegada a las caras y la ropa de los niños. El momento culminante fue cuando los niños se pusieron en fila para golpear a la piñata con el palo de escoba. La gran rana verde colgaba tentadora en el centro del patio. Los niños estaban impacientes por abrirla y luchar por los pequeños regalos y golosinas.

Llegó el turno de Pedro y hasta entonces la piñata sólo había sufrido daños mínimos por los ataques de los brazos laterales. Se quitó los anteojos e insistió en que le vendaran los ojos, como a todos los demás niños. Pedro dio tantas vueltas que se mareó. Pero parecía levantarse hasta sus ochenta centímetros de estatura. Sus manitas agarraron con fuerza el palo de la escoba. Se recogió, balanceándose suavemente sobre las puntas de los pies, escuchando atentamente el susurro de la rana. De repente, Pedro lanzó un golpe por encima de la cabeza que casi partió la piñata por la mitad. Pedro tenía la puntería instintiva de un cazador, y ahora se encontraba en medio de la abundancia de pequeños tesoros. Todos aplaudieron y dieron a Salvador y Pedro el mejor de los premios.

Los padres de los asistentes a la fiesta habían empezado a llegar para recoger a sus pequeños. Los niños deseaban su último feliz cumpleaños a Salvador mientras todos los padres charlaban. Fue entonces cuando salió a la luz la historia de Pedro en el colegio. Su madre y su padre se sorprendieron al conocer los hechos del comportamiento irrespetuoso de su hijo.

Había ocurrido el viernes anterior en el patio de la escuela durante el recreo de la mañana. Pedro había sido rodeado por sus compañeros mientras imitaba a su profesor, el señor Ramírez. El profesor de los niños era muy apasionado y quería mucho a sus alumnos. Era natural que la voz entusiasta del profesor alcanzara de vez en cuando notas altas. Además, sus extremidades se balanceaban torpemente de vez en cuando para ayudar en la expresión de algún punto importante. Las intuiciones de Pedro eran tan afinadas como un buen violín. De alguna manera, él había adivinado los gestos faciales y corporales como si los hubiera visto de primera mano. En cuanto a la voz, él podría haber engañado a la propia madre del señor Ramírez. Pedro actuó como su profesor y con una interpretación fina y graciosa. Él amaba a su maestro y estaba en cierto sentido mostrando su gran estima por él. Ese día, Pedro se había dado cuenta de la presencia del verdadero señor Ramírez cuando las risas de los niños cesaron de repente. Pedro había sido sorprendido in fraganti con los bracitos en alto y la voz del maestro saliendo de su garganta.

El cariñoso maestro siempre había tratado a los niños como adultos pequeños. Ese día había tomado de la mano al pequeño Pedro y lo había llevado hasta el aula. Lo que se había dicho entre ellos no se sabía. Pedro se había negado a divulgar una palabra de su conversación privada. El profesor se había dado cuenta de que su alumno no solo podía copiar sonidos de voz, sino que el gentil maestro se había dado cuenta de que también podía sentir las emociones activas en las personas. El señor Ramírez había reconocido que Pedro era un niño único. Cuando los otros alumnos habían entrado en el aula, Pedro ya estaba sentado tranquilamente esperando el comienzo de la clase.

Esta divertida historia no sentó bien a los padres de Pedro. Ellos caminaron a casa con su hijo y los tres guardaron un silencio ensordecedor. La familia entró en su pequeña morada y su padre se enfrentó inmediatamente a él. Le dijo a Pedro que ahora era necesario que él y su esposa perdieran un día de trabajo para ir a la escuela. Los padres suplicarían al señor Ramírez su perdón y ofrecerían una disculpa oficial de la familia. Pedro argumentó enérgicamente que el señor Ramírez no estaba en absoluto enojado con él e incluso le había felicitado por su asombroso talento para imitar las voces de otras personas.

Los fuertes valores nacidos en el duro campo triunfaron y se acordó que al día siguiente Pedro y sus padres buscarían al maestro antes de que comenzaran las clases. Sus padres estaban dispuestos a representar el papel servil que habían aprendido en toda su vida como campesinos.

Bajarían la mirada y rasparían los zapatos con nerviosismo y de esa manera esperarían apaciguar a los favorecidos por el poder. Iba a ser una tarea de sumisión.

Para confirmar las peores sospechas de su padre, esa misma noche Lupita apareció y les dijo a sus vecinos que el señor Ramírez estaba al teléfono deseando hablar con el padre de Pedro. Éste le dirigió a su hijo una mirada que el niño realmente pudo sentir e instintivamente agachó la cabeza. Cuando su padre regresó, Pedro se enteró de que se les había pedido que ambos padres fueran a la escuela al día siguiente temprano. El maestro quería hablar sobre el futuro de su hijo. Esta fue una señal ominosa para los padres. Todo lo que el culpable pudo hacer fue encogerse de hombros y preguntarse qué estaba pasando.

A la mañana siguiente, Pedro todavía estaba dolorido por la muy, muy vigorosa restregada que había recibido de su madre. Llegaron a primera hora a la escuela. Cada padre tenía una de las manos de Pedro firmemente agarrada para impedir que el pequeño prisionero pudiera escapar. El infeliz trío encontró al amable maestro en su escritorio. Al oír el tímido golpe en la puerta que estaba entreabierta, el señor Ramírez levantó la cabeza y se puso de pie para saludar a la familia. Tenía una gran sonrisa en su rostro y extendió no una mano sino ambos brazos, como para abarcar a estas gentiles personas dentro de su ala.

El jefe de la familia comenzó a hablar de su vergüenza y a explicar que Pedro estaba lleno de arrepentimiento por su rudeza y que nunca más mostraría falta de respeto al señor Ramírez.

"Se lo prometo en mi nombre señor Ramírez," dijo el caballero muy formal sosteniendo el sombrero muy apretado. Él habló en una voz muy fuerte. Al principio, el maestro no entendió, pero rápidamente se recuperó e inmediatamente trató de tranquilizar a la familia.

"No señor, no es por eso que le he pedido que venga". Entonces, el profesor empezó a explicar.

"Creo que Pedro tiene un potencial increíble y confío en usted. Quiero que estudie música y que empiece de una vez". Los dos padres se quedaron inmóviles mientras intentaban comprender esta inesperada noticia.

"¿Música, música?" Esas fueron las únicas palabras que salieron de la boca del padre mientras intentaba comprender qué significaba aquello.

"Sí, música. Verá, creo que su hijo tiene la rara habilidad de escuchar en tono perfecto. Me di cuenta por primera vez cuando oí la asombrosa semejanza con la que imitaba mi voz. Pedro tiene una verdadera vocación, tal vez él es uno de los millones que tiene este don. Es el deber de ustedes como padres y el mío como profesor, guiar y educar a este niño de talento".

Los padres, sorprendidos y tímidos, intercambiaron miradas. Era una mirada de miedo y desesperanza. No tenían dinero para enviar a Pedro a instrucción. Sus padres veían el mundo con la angustia constante de un desastre inminente. Pero el señor Ramírez también conocía esa mirada. Rápidamente añadió.

"El dinero no será un problema, porque al principio Pedro puede estudiar conmigo. Abordaremos primero el aspecto teórico, las escalas musicales. Nosotros encontraremos una buena flauta dulce en una tienda de segunda mano. Al principio, podré enseñarle y todo lo que pido a cambio es que me hagan una tarta dulce el día de mi santo".

La preocupación monetaria se deshizo rápidamente en las sonrisas formadas en los rostros de los padres. El señor Ramírez prosiguió:

"Después, Pedro necesitará un profesional, pero solicitaremos una beca y posiblemente la obtenga del gobierno estatal o federal. Démosle a este pequeño Beethoven un empujón y veremos si mi apreciación es correcta. ¿Qué dice usted de una carrera musical para Pedro medida sólo contra la posibilidad de decepción?"

Felices y asombrados, la pequeña familia se abrazó. Los padres de Pedro estaban aliviados y deseosos de depositar su confianza en el Sr. Ramírez. Tal vez, algún día su hijo sostendría un violín ocupando un lugar en la orquesta sinfónica de ciudad de México. El Sr. Ramírez también imaginó al futuro Pedro, pero cantando temas zapotecas mientras rasgueaba una guitarra.

En muy poco tiempo, el señor Ramírez se convirtió en un visitante habitual de la casa de su estudiante. Toda la familia, incluida Lupita, que vivía al lado, lo llamaba por su nombre de pila, Julio. El pequeño Pedro estaba demostrando que la estimación del señor Ramírez era sincera. Rápidamente se volvió experto en su nueva guitarra, un regalo de Lupita. El éxito de Pedro no significó que hubiera perdido su sentido del humor ni su percepción de las vicisitudes de las emociones humanas.

Sabía antes que nadie que Lupita y el Sr. Ramírez estaban en la etapa de gestación de interés mutuo. Pedro se mantuvo en silencio pero estaba contento con esta consecuencia inesperada de sus clases de música. El romance siguió el lento y natural curso de la etiqueta social. El ritmo de los acontecimientos que se inician entre su maestro y su vecina puso a prueba la paciencia de Pedro. Estaba decidido a ayudar. Su primer impulso fue usar su imitación para reunir al maestro y a la vecina. Pensó que era mejor no querer engañar de una manera tan personal. Puso su mente a trabajar en el problema.

El domingo siguiente, Pedro le pidió a Lupita que lo ayudara a hornear el dulce pastel que debía como pago para el Sr. Ramírez. En realidad, ese acuerdo se había dejado de lado hace mucho tiempo. Pedro estaba exagerando un poco la verdad. Lupita estaba más que feliz de cumplir y juntos hornearon una obra maestra de pastel. El lunes por la mañana, el niño llevó con cuidado este pastel especial a su maestro. Pedro le dijo al señor Ramírez que Lupita había pasado horas horneándolo con amor para él. ¡Exageró un poco lo ocurrido en realidad!

Por supuesto, el Sr. Ramírez estaba agradecido y esa noche llamó para darle las gracias a Lupita. Poco después, como había esperado Pedro, la pareja comenzó a verse más a menudo. Desde este punto, los acontecimientos avanzaron rápidamente para Pedro, su familia y amigos.

Dos años después:

Lupita y el señor Ramírez se casaron. En ese mismo período, Pedro dominó la guitarra y el flautín. La flauta pequeña fue otro regalo de Lupita. Bajo la dirección del señor Ramírez, ahora estaba ayudando a otros jóvenes a aprender a tocar la guitarra. Actualmente, Pedro viaja dos veces por semana donde el señor Pascal, el famoso pianista, en la ciudad de Oaxaca. Pedro también está en camino de dominar ese instrumento. El señor Pascal también es un compositor exitoso y le está enseñando a su joven estudiante cómo expresarse musicalmente. Pedro se está beneficiando enormemente de la tutela de este talentoso artista zapoteco.

Diez años después:

El resto de la década transcurrió sin demasiadas adversidades para todos los personajes antes mencionados. Los padres de Pedro todavía tienen sus trabajos en la ciudad de Oaxaca. Salvador trabaja como plomero en Oaxaca. Lupita y Julio Ramírez están pensando en tener un tercer hijo.

Pedro, de veinte años, fundó una organización sin fines de lucro. Su objetivo es fortalecer las culturas indígenas en todo el mundo. Actualmente, están compilando un diccionario de idiomas de las 50 lenguas indígenas mesoamericanas (cognados). Esperan que el libro sea aceptado por la UNESCO.

Todos los fondos para el proyecto de idiomas provienen de las interpretaciones musicales de Pedro en YouTube. Miles de seguidores se conectan a sus actuaciones. Pedro imita a una amplia gama de vocalistas conocidos y se ha convertido en una sensación en Internet. Su éxito más popular en línea es su imitación de Freddie Mercury y la banda de rock Queen. En su canción "We are the Champions of the World", Pedro cambia a; "We are the Zapotec of the World". Otra adaptación popular hace Pedro imitando a Tony Bennett cantando "I left My Heart in San Francisco". Pedro en realidad canta con la voz de Tony en inglés. Pero cambia la letra a "I left my heart in Monte Alban".

El joven canta y toca con todo su corazón. Sus imitaciones, solos de guitarra y piano, piezas folclóricas originales lo han hecho famoso en México y América Latina. Sus esfuerzos también han ayudado a provocar un renacimiento zapoteca.

9 798369 434574